메르시, 이대로 계속 머물러주세요

메르시, 이대로 계속 머물러주세요

리산 시집

창비

차
례

누가 오래된 사원의 벽에 이마를 대고 서 있다

메르시, 이대로 계속 머물러주세요

18세기 제정공화국 주간지 세인트누아르
또는 문학 미술 음악에서 가장 주목할 성과물에 대한
추론적 분석에 의하면
방드르디 지역의 반란과 올빼미당원들의 연대기
시가 육 밀리 장군의 연설문
스마트 세리들의 발랄한 서사시 여행하는 오랑캐들에
대한 채색 판화 등이 있고

센티멘털 야간통신 가을호 목차에 의하면
꽃보다 말줄임표 애호가
이토록 잘 쓴 시는 거의 없다
메르시, 이대로 계속 머물러주세요 등이 있다

계절노동자들

마르가리따
강물이 단단해지면 저 강을 건너 돌아가자
먼바다에 겨울 폭풍우 내륙 깊숙이에는 서리 먹은 바람이
우리는 이름이 없는 자
이름 이전에 다만 살아 번식하며
아무런 계산에도 셈해지지 않는 자
그러나 나무들이 잎을 잃는 저녁이면
가슴이 울렁이고 구토가 났지
죽음 같은 잠을 자고 깨어나도 끝내 달라지지 않는 사실
이 있어
오늘은 불길한 바이러스가 한쪽 눈으로 창궐하니
슬픔과 무관하게 한 눈으로만 울 수밖에
날마다 눈먼 올빼미는 태어나고
목말라 목말라 가슴을 쪼아대며 날마다 죽어갔지
씨앗이 가득 맺힌 들풀들과 병든 고춧대
가시 많은 장미들을 꺾어 묻던 시절이었어
마르가리따 어딘가 집에는 방이 있다 했지
우리 격렬했으나 선의의 심장은 찾을 길 없던 그때
마르가리따 삐라처럼 나부끼던 시절이었어

앙코르

크로스패스가 올라가고 수비수가 헤딩을 한 공은 골라인을 넘어 그물 안으로 굴러갔소

들판으로 나와 대안적 작물 재배를 해보자는 동맹 관계가 훌리건에 의해 모두 실패한 뒤에 나온 장면이오

술이 난동의 직접적인 불씨는 아니겠지만 해협을 건너는 기차를 타거나 야간버스를 타고 온 훌리건의 경우는 조금 달랐을 것이오 취한 밤의 차창으로 보였을 먼 트랙의 불빛들

외발자전거 타기와 공중그네 써커스가 나오는 스크린에는 농작물이 될 가능성이 충분한데도 실패한 야생의 후보군이 많았소 하지만 무슨 상관이겠소

그라운드가 보이는 곳에서의 주류 판매 금지 이후 빈번히 사용된 낭만적인 실내와 실외 로케이션 장면들

은세공법이나 농장 일을 배웠지만 한번도 그라운드에

서지 못한 채 꿈의 트랙과 스탠드 사이를 서성이며 삶의
공백을 채워보려 했던 것이오

크로스패스로 올라온 공은 수비수의 몸에 맞고 골키퍼
를 지나 골라인 안으로 천천히 굴러가오 공은 그물에 닿을
때까지 굴러갈 것이오

최신 유행의 머리를 하고 색색의 구두를 갖고 있지만 원
하는 것이 무엇인지 잘 모를 때가 있다고

스탠드에 눈이 내리오

소리도 없이 눈발에 파묻히오

한 남자가 땅을 다지는 롤러를 타고 눈이 쌓이는 그라운
드를 다지고 있소

4 대 3, 2 대 1, 0 대 0 융합과 반전은 다시 되풀이될 것
이오

정확한 페이지는 가늠하기 어렵다

19세기 말 박애주의 기업가들은 자기 공장에 도서관을 만들어 제법 호응을 얻었다

아니나 다를까 사회주의자들은 도서관은 자본가가 노동자를 속이기 위한 마약이라고 비난했다고 한다

그러거나 말거나 뒤셀도르프 지역에서는 바이엘 화학 도서관과 제강회사의 도서관이 가장 컸는데 노동자의 반 정도가 정기적으로 도서관을 이용했다

바이엘 화학은 당신도 알고 있는 아스피린을 개발한 회사다

그러거나 말거나 주치의는 매일 밤 내가 불면증 치료용으로 먹는 아스피린의 복용을 금지했다

달보다 먼 석양의 바닷가

여행은 계속되는 거란다

같은 리듬으로 하루하루

그늘진 건물을 나와 그늘진 청계천 변을 걸어가면 달보다 먼 석양의 바닷가 폐관 시간을 앞둔 서울도서관이 있다

그러거나 말거나 불 꺼진 도서관을 지나온 당신이 심야식당에서 주문을 잘하는 가장 단순한 방법은 그러거나 말거나 연대기에 수록되어 있다

도문대작

여기 앉아서 저기에 속한 듯 검은 옷을 입고
검게 그을린 마음으로 저기에 속한 듯
그러므로 알 수 없는 통증에 시달리며
언젠가 통증으로 죽으리 흐드러지는 봄
봄 꽃잎들 봄바람 타고 얼굴을 스치며 발등으로 떨어지
는 날
제 무덤을 찾아가는 흰 코끼리처럼 우울한 말처럼
신발이 파묻히도록 밤새 꽃잎들 떨어지는 날 어느 봄날
둥둥 가슴을 두드리는 옛 음악들 꽃 지는 소리 후렴처럼
들리고
이층 창가에 앉아 늦도록 술을 마시는 밤이면 멀리 친구
들 생각이 나
감자꽃 골짜기 대관령엔 소설 쓰는 도연이 있고 작은 도
서관도 있지
바퀴가 헛돌도록 눈이 푹푹 내리던 무장한 겨울밤이
있고
사월이 다 가도록 눈이 쌓여 있던 북대도 있네
며칠째 눈만 오는 아흔아홉고개 너머엔 시 쓰는 홍섭이
있고

눈보라 치는 방파제 쿠바에 앉아 고기잡이배가
저녁 바다로 나가는 걸 보기도 했지
어디선가 두부전 부치는 냄새 생오이 냄새
다시 배들은 집어등을 밝히고 봄 바다로 봄 바다로 나가
는데
허균과 일곱명의 동무들은 어디로 갔나
먼 데서 누가 마중 나오고 있을 것 같은 봄날

도문대작

지금은 내 곁에 없는 것이 애달파

전라도 함열 땅에서 유배를 살던 허균은 오랜 거친 음식
에 지쳐
언젠가 먹어보았던 음식의 이름들을 하나씩 적어보았지

그렇게 모인 글들은 푸줏간 앞에서 크게 입맛을 다신다
는 뜻의
도문대작이라는 문집으로 엮어졌다네

표범의 태, 사슴의 혀와 꼬리로 만든 음식이며
갈대숲에서 많이 자라는 위어 구이

함경도 땅 산갓으로는 김치를 만들었고
가을이면 두텁떡과 국화병을 먹었네

경상우도 지방 상인들은
전복을 말리고 꽃 모양으로 오려
화복을 만드는 기술이 좋았다는데

대관령 골짜기 연초 잎으로 만 잎담배며
봄날 저녁 누이와 대작하던 교동골 매화주는 아니지만

안개와 연기와 이끼로 빚은
한줄의 문장을 적는 저녁이네

잘못 오리고 잘못 저며진 말들은 애처로워
누가 소금 광주리를 이고 홀림길을 넘어가나

아직 오지 않은 소식 하나를 기다려
어둑한 길 멀리를 바라보는 저녁이네

공장의 출구
동백꽃을 가슴에 달고

어느 봄날이면 살아야지 꽃잎들 많이는 말고 어깨며 발등 위로 산산이 떨어질 때 전생에서 불어온 바람 들판에 종일 불고 핏방울 점점이 꽃 무더기 피면 먼 옛날 먼 곳에서 와 다리 아래 굶어 죽은 낙타들 울음소리며 배꽃 아래 비단 끈으로 목을 맨 그 여자 눈물도 없는 마지막 모습이 떠오르면 밤새 모래바람 불어 더듬더듬 흙벽에 잊을 수 없는 얼굴을 새기던 서역의 한 사내이거나 제 부족을 전쟁으로 몰살시키고 홀로 우는 병약한 부족장의 울음이 생각나면 무너진 왕궁의 기둥에 걸터앉아 바람 속에 바람 속에 흰 머리칼만 날리는 무녀처럼 그런 바람이면 살아야지 그런 봄날이면 살자 했는데,

봄바람 치는 들판에 혼자 서 있는 것 같구나 나 자신에게만 도취되어 살았는데 더이상 그럴 수 없다면 도취된 내가 그리워하는 너도 없을 거야, 처음에 삿된 이름을 조가비에 적던 사람들은 어디서도 조가비를 구할 수 없어 가슴에 이름을 새겼지 산홋빛 공단 리본 진주가 박힌 머리빗 그 여자의 심장에는 제 이름자가 박혀 있었나 저 바람은 북쪽에서 불어와 이름을 갖지 못하고 물길뿐이던 안개와

18

물의 땅으로부터 와 어쩐지 자꾸 울음이 나는데 눈물 없는 울음도 울음일 수 있다면 소리 없는 노래도 노래일 수 있다면 바람은 침묵의 탑에 매달리고 한밤을 배회하는 짐승의 털 아무도 노래하지 않았나 자, 살자의 밤

검은 안식일의 토니는 왼손잡이 기타리스트*

서울의 예수를 품에 안고 버스를 기다리던 밤이 있었지
어둠은 깊고 차는 오지 않는데 무엇인가 어깨를 후려쳐 주
먹으로 눈물을 닦으며 서 있던 서울역의 밤 강추위는 몰아
쳐 희고 두꺼운 얼음 벌판 따뜻한 신발은 없어도 우리 서
있던 서울역의 밤이 있었는데 이제는 일주일에 일금 몇백
만원짜리 관광 팸플릿 속에서 함께하자며 환하게 미소 짓
는 서울의 예수 빗속에서 울고 있는 푸른 눈의 아가씨 레
코드점도 허물어지고 남산도서관 지나 해방촌 언덕으로
가는 버스도 다니지 않는데 거기 누가 서 있나 거기 누가
서서 기다리나 징징 구랍의 기타 소리 울리며

* 영국의 하드록 밴드 블랙사바스의 기타리스트 토니 아이오미는
  오른손을 다쳐 왼손 기타리스트가 되었지
  영사람들이 무서워하는 음악을 만들고 싶다는 생각으로 뭉친 그
  들의 음악은 무겁고 어두워 침울해
  첫새벽 묘지 근처의 이슬과 벌레 먹은 이파리에 걸린 거미줄과
  풍뎅이와 손톱을 모아 커다란 솥에 넣고 몇시간이고 끓이면—
  너는 나에게 오는가, 흑마법에 열광했던 그 시절
  밤새 흙 속에 파묻었던 피 묻은 수정 구슬들을 파내는 새벽이면
  쉬즈곤, 한번 떠난 너는 떠나고 또 떠났네

20

종의 기원

서울고용노동청 깃발이 황사바람에 펄럭인다
어쩐지 당신은 울고 싶다
교차로 사색 신호등은 허공에 걸린 한줄의 선
누가 허공을 건너 저편으로 간다
멸시당하고 싶은 날이 있다
마음이 아프기 전 몸이 먼저 눕고
누운 몸을 따라 눕느라 마음은 아프다
작은 낚싯배를 타고 바다로 간 권투선수는 수평선 너머
어디로 갔나
월요일의 속초항으로 가면 블라지보스또끄까지 가는
배를 탈 수 있다
흰 조개들과 절벽의 바위들이 서로 파먹으며 파먹히며
흙과 짚과 빗물로 된 집을 짓는 동안
문을 그리고 문을 열고 문을 닫고
문이었던 흔적을 지우고 어슴푸레 문은 사라진다
종로구 송월동 기상관측소에서 관측된 가시거리는 1킬
로미터 이하
체감온도는 5.9도 하강
마지막 호송선이 교차로를 지날 때

진눈깨비

주름진 산맥과 홈이 파인 언덕과 원추화산 속으로

발목과 부리에 진흙이 묻은 너는 왔다

돌 속의 이끼와 물고기를 찾아

너는 먼 캄브리아기로 가는 중이다

잠시 날아든 너의 숨결 속에는 흙과 바람의 냄새가 난다

이미 흔적이 되어버린 흔적은 무용한 거라고 끄덕이는
밤이다

이를테면 너라는 기형 속에는 두고 온 서식지의 기억이
있다

시차를 이길 수 없는 아침은 어김없이 찾아들고

불임의 자매들은 집요하게 너를 찾아내고 추궁한다

너는 두드러지고 가라앉고 뒤덮이고 퇴적한다

무용한 것들은 방해받고 쇠약해지며 절멸한다

횡단 항로를 건너 날아들었다 돌연 사라진 새떼처럼

울음소리 가득한 어둠속으로 사라져

다시는 나타나지 못한다

가난하고 아름다운 사냥꾼 딸이 꿈을 헐
어 전나무에 물을 주고 큰 배로 만들 때까지

진눈깨비 밤새 무섭게 온 아침

눈꽃 핀
눈꽃 나무 아래

폭신한 옷으로 겹겹이 무장한 누가
프롬나드한다

어디선가 앰뷸런스 싸이렌 소리
위급히 들리고

옛이야기처럼
착한 사람들 생각을 하면 눈물이 나

모가지가 부러질까
서러운 나는

고양이 걸음으로

살얼음판을 걸어
고양이 밥을 구하러 간다

프리미어리그의 세탁부들

그리하여 우리는 단지 유령일 뿐
깊게 출렁이며 흘러가는 강물의 그림자도
만나지 못한다 대낮의 백양나무와
삼나무 그림자 속에도 들지 못한다

그리하여 우리는 단지 유령일 뿐
두통과 불면의 밤을 지나온 유령일 뿐
서로의 그림자 속에 들지 못하므로
우리의 대낮과 밤 속에는 태양도 별빛도
서로의 그림자를 만들지 못한다

그리하여 우리는 단지 유령일 뿐
유리잔 속에 떠도는 몇모금의 상념일 뿐
연기로 부유하는 흐린 영혼의 구름일 뿐
우리는 서로에게 그림자를 만들지 못하므로
꿈꾸어도 죽어가는
꿈꾸지 않아도 사라지는

그리하여 우리는 단지 유령일 뿐

몇번의 혼숙과 합숙의 날들 속에서도
새벽닭이 우는 희부연 들판을 바라보며
가야 할 곳의 몰락과 몰락의 지평선을 아득히 바라보는
우리는 단지 유령일 뿐이어서
빛과 어둠의 상처를 보듬지 못한다

그리하여 우리는 단지 유령일 뿐
눈물의 가장 깊은 그림자를 만지지 못한다
아무런 상처의 그림자도 만들지 못한다

선량한 스파이

친구, 물빛 해파리가 꼬리를 흔들며
암초록의 수초로 가득 덮인 강물을 헤엄쳐 간 후
나는 빈 유리병 속에 손가락을 넣고
이리저리 흔들어보는 날이 많아졌어
어제는 폐쇄된 병원과 책방
물살이 세지 않은 강물 부서진 집을 보았어
문을 열고 바난나무 계단을 올라가면
희고 둥근 여러개의 문들
습기 먹은 벽 틈에서 자라는 꽃들과
고장난 시계에서 울리는 알람 소리
먼지와 바람으로 벽을 세운 이층 방에서
표지가 찢겨나간 옛 왕궁의 이야기책을 읽었어
패망한 왕가의 여인들이 검은 머리칼로 얼굴을 가리고
왕궁의 절벽을 뛰어내릴 때도
여전히 꽃은 피고
벌은 꽃들의 골목을 잉잉거리며 꿀을 모았겠지
절벽에 서서 뒤를 돌아보는 그녀들에게
나는 또다른 방에서 가져온
푸른곰팡이꽃 한송이를 던져주었어

강 물살 같은 알람 소리가 들려와
내 손가락 끝에 여전히 맺혀 있는 건
뭐라 이름 부르면 좋을까
언제든 네게도 말할 수 있었으면 좋겠어

1816년의 쌀롱

지금은 어려운 시절이야
불길의 기세는 심상치 않고
왕궁의 술잔들은 녹아 성벽으로 흘러내리는구나

새로운 파티를 열어야 하는데
왕궁 밖 너희들의 눈물이 필요해
너희들의 눈물로 이 불길을 잡아야겠다

불이 붙은 긴 막대기를 휘두르며
초록 수염의 사신이 말했다

우리는 내내 성벽 아래쪽에서만 살았어요
떠돌이들의 피리 소리를 들으며 잠이 들고 땅을 파고 잠
이 들었어요
한번도 본 적 없는 왕궁 안쪽의 일들을 우리가 알아야
할까요
이 눈물들은 식지 않게 잘 모아서 축일의 아기들을 씻겨
야 해요
여기보다 너 낮은 땅엔 또 누가 사는 걸까요

문밖은 또 비탈인데 이런 것까지 금지할 수는 없어요
아, 누가 이야기 좀 해줘요

소리는 들리지 않았다 누군가는 눈물도 없는 울음을 울
었는지 모르겠다

줄이 바뀌는 알림음이 계속해서 울렸지만
같은 장이 반복될 뿐

너희들의 눈물이 필요해

그래도 누가
오래된 타자기를 두드리며
이 모든 것을 기록한다

어찌하여 나는 이토록 우아하며
호의적이게 되었는가

세계를 바꾸고 싶다 그런가

우리의 두려운 악몽과 몽상적인 꿈과 변덕스러운 소원 속에 존재하는 세상과

진흙 위로 난 몇가닥 바퀴 자국과 큰비가 아니어도 범람하는 저지대 강물과

자신의 목소리와 육체와 정신과 함께 일하며 드라마를 피하며

자신이 시인이 되는 것을 막으려 애쓰는 그녀는 위안이 된다 그런가

공식적 파트너 역할을 유지하며

하나의 텍스트에 매달리며 단지 포즈만으로 이루어진 사람들

매우 짧았지만 그들과 함께하려던 시도는 실패했다

검은 공백 속으로 희미하게 보이는 피드백들

삶은 계약으로 가득 차 보이는데

이데올로기적 교환가치에 의해 그녀는 움직이지 않는

편이 좋았나 그런가

　앵글도 없이 거대한 댐에서 일하며 씨스템과 싸우는 주
거부정의 사람들
　마지막 장에서는 주제곡이 연주되고 결국 그것은 그것
의 전부가 될 것이다 그런가

　스타일과 내용이 하나라면 무의식적인 정열은 갈 곳이
없어
　재촬영을 하거나 변경을 하는 일은 결코 없을 것이다
　큰 보폭으로 걷는다고 해서 어떻게 한사람이 모든 것을
책임질 수 있나

　현재로서는 추측에 맡긴다

안녕, 나는 이사 간다

말을 타고 천천히 숲을 통과한다

계절은 도처에 잠복해 있고
바람이 불 때마다 나뭇잎의 리베르 탱고
여기를 통과하면 푸른 바다에 당도할 것이다

바다는 아주 멀리 있어
오, 말을 타고 천천히 숲을 통과한다

도처에 잠복해 있는 계절
여름의 숲에서 가을을 보고 가을의 숲에서 봄을 본다

계절은 도처에 잠복해 있으므로
후암동은 남지나해의 일몰로
장작불의 푸른 연기 속으로 범람하는 롬바르디 대평원
으로 갈 것이다

나는 나에게 걸맞은 계절들을 호명하며
고독의 말을 타고 천천히 숲을 통과한다

고독의 말이 아주 먼 곳으로 나를 데려다줄 것이다

앙상블 사이 쏠로

오늘은 쌩라자르 역에서 뱅센 숲까지 걸어가기로 한다
마들렌 광장과 꽁꼬르드 광장을 지나면 뛸르리 공원이 나
오고 노트르담 사원을 바라보며 쎈강을 따라 걷는다 강 건
너 쌩제르맹데프레를 지나 뤽상부르 공원과 쏘르본 대학
쪽으로 걸을까 그냥 쎈강을 따라 리옹 역이나 오스떼를리
츠 역 쪽으로 갈까 생각하다 그냥 걷는다

강에서 불어오는 바람은 고독의 빛깔을 닮아 있지만 나
는 고독의 근원을 모르고 불로뉴 숲은 뱅센 숲과는 정반대
쪽에 있음을 떠올린다 비 내리는 몽마르트르 묘지에는 사
랑하는 사람이 묻혀 있고 언젠가 나는 진 쎄버그 묘에서
작은 도자기로 된 향초꽂이를 가져온 적도 있었지

몽마르트르의 싸크레꾀르 성당에서 바라보면 빠리의
북역과 동역은 또 함께 보이겠지만 오늘의 시선은 샤를드
골 공항 쪽 혹은 정반대 편에 있는 오를리 공항 쪽을 향한
다 오를리 공항 저 너머엔 영동고속도로가 보이고 고속도
로 아래엔 언제나 눈 속에 파묻힌 친구의 집도 있지 불로
뉴 숲과 샤를드골 공항과 뱅센 숲과 오를리 공항을 크게

선으로 죽 연결하면 달팽이 모양의 빠리 전도가 완성된다
오늘은 쌩라자르 역에서 달팽이의 뿔까지만 걷기로 한다

오래된 레코드판에서 나는 소리를 내며
새들은 습지를 날고 있을 것이다

사막의 까페에 머물며 문신 그려주는 일을 하던 영화 속 여자는 이제 이곳은 너무 행복해져서,라는 말을 남기고 떠났습니다

올리브 향기 레몬 향기 밀려드는 저녁이다
베갯머리 라디오의 저녁이다
부다페스트를 떠난 배들이 하루 한번 호시우 항에 도착하던 시절
베를린에서 만들어진 베갯머리 라디오에는
주파수별로 도시의 이름이 적혀 있다

조금 더 내면 속으로 들어가 말하자면 당신의 숨겨둔 속살을 만져보고 싶었던 것이지만 까면 깔수록 자꾸만 속살을 드러내는 당신의 내면을 어찌 지천에 널린 풀잎들이 짐작이나 했겠습니까 바람이 불 때마다 한 나라를 이루고 다시 바람이 불면 수많은 제국이 쓰러져가던 초원의 고독흥망사 속에서

주파수 가늠자는 마실리아 베르겐에 멈춰 있거나

땅헤르를 떠나 빠따고니아에 닿기도 한다
가끔은 항로를 이탈한 야간 우편선처럼
먼 고원에 불시착하는 밤도 있다

나의 고독만이 독야청청 푸르렀다고 말할 수 있겠습니
까 바람의 부족들은 오늘도 밤하늘의 소금 별자리를 따라
기나긴 여행을 합니다 그리고 오랜 유랑 끝에 발견한 단단
한 고독 위에 그들의 새로운 나라를 세웁니다

한번도 만난 적 없는 너를 생각하는 밤이다
붉은 주파수 가늠자가 내면을 횡단하는 밤
물소떼처럼 달려드는 베갯머리 라디오의 밤이다

사월 까자흐

가정에서 그랜드오페라를

당신은 그랜드오페라 정규 시즌이 열리는 음악 중심지
에 살지 않을지도 모릅니다

위대한 악단과 오케스트라 연주회를 여는 도시에서 멀
리 떨어져 있을지도 모릅니다

1913년 3월 20일자 마드라스 타임스에 실린 그라모폰사
광고를 읽는 저녁

은신처를 찾아가는 야생말들의 말굽 소리

탁 탁, 천막을 두드리는 우기의 바람 소리가 들린다

회오리 같은 생

제2 악장

라르고

뉴올리언스 고담시에서 재즈는 어떻게 유행하게 되었나

사랑스러운 원숭이 한마리와 불 켜진 다락방이 있다면
　우울한 밤하늘을 날아다니는 일 따위는 하지 않는다고
들 말하지만
　양털로 짠 슬리퍼와 다락방 하나쯤은 내게도 있지, 비밥
바 룰라

　창밖으로는 영하의 바람이 불고 폭설로 뒤덮인 거리를
뒤뚱이며 지나는 사람들
　지붕 위의 풍향계가 얼어붙는 밤이면
　몇알의 양파를 머리맡에 걸어놓으며 잠을 기다리기도
했지만
　잠 안 오는 밤이란 이젠 없지 야훼가 그를 여자의 손으
로 죽일 거야, 비밥바 룰라
　싸이렌을 울리며 달려가는 자동차들 나는 새벽 세시를
날아다니네

　머리가 헝클어진 너에겐 빠른 비트로 날아다니는 법을
가르쳐줄게 울음을 그치렴
　몇개의 열쇠를 쩔렁이며 커다란 모자 속의 얼굴을 기웃

거리며

   또다른 이미지를 찾지만 결국은 다 그게 그거지

   깊은 밤이면 점령군의 말과 그림으로 가득한 종이를 눈
처럼 찢으며

   외곽으로 가는 사람들 눈 내리는 들판엔 꿈꾸는 난민들

   너와 나는 사랑하는데 우리는 사랑하지 않네, 비밥바
룰라

   내게도 돌아갈 다락방 하나쯤은 있지 오, 순정한 세상

울창하고 아름다운

모퉁이를 돌면 말해다오 은밀하게 남아 있는 부분이 있다고

가령 저 먼 곳에서 하얗게 감자꽃 피우는 바람이 왔을 때 바람이 데려온 구름의 생애가 너무 무거워 빗방울 후드득후드득 이마에 떨어질 때 비밀처럼 간직하고픈 생이 있다고

처마 끝에 서면 겨울이 몰고 온 북국의 생애가 풍경처럼 흔들리고 푸르게 번지는 풍경 소리 찬 바람과 통증의 절기를 지나면 따뜻한 국물 펄펄 끓어오르는 저녁이 있어 저녁의 이마를 짚으며 가늠해보는 무정한 생의 비밀들

석탄 몇조각 당근 하나 노란 스카프 밀짚모자 아직 다 말하지 않은 부분이 있다고 은밀하게 남아 있는 부분이 있어 다 알려지지 않은 무엇이 여기 있다고

푸얼 방향으로

세상 저편엔 삼천년 된 차나무가 사는 곳이 있다고 한다

그곳에선 돌로 눌러 둥그런 모양으로 차를 말리는데
찻잎이 마르는 동안 사람들은
바람결에 전해지는 혁명에 관한 이야기를 들으며
몇번인가의 혁명 전야를 보내기도 했다고 한다

한밤의 낯선 인기척은 불길해
담장 멀리 프라하의 봄은 프라하의 봄 이곳은 여전한
흑야
이제 누구도 전보 따위를 보내지는 않겠지만
기억의 자정을 넘어 배달된 전보에는 사촌의 죽음이 명
료하게 적혀 있었네

누구에게 전해줄 안부도 전보도 없었지만

산의 내면으로 스며들기 위해서는
바퀴에 부딪쳐 튀어오르는 돌멩이들과
야광 표지판 속에 갇혀 어두워질수록 환하게 살아나는

또아리를 뜬 뱀과 야행성 고라니와 멧돼지들을 마주쳐야
만 하네

어둠에 완전히 묻혀버린 산속의 비포장길을 지나다
아직 불을 켜고 있던 작은 은신처를 보았지
난 불온한 방문자가 아니었으므로 안녕, 하고 인사를 건
네었네

활활 타오르는 잉걸불 도자기 속에 잘 식지 않을 찻물을
끓이며
그 밤 내 마신 심홍빛 차에서는 흙과 뿌리와 이슬의 맛
이 났었지
한편으로만 나부끼는 화목난로 가늘고 긴 연기를 바라
보며
오래된 지도 위에 오래된 지명 하나를 적어넣었네

누구에게 전해줄 미래도 추억도 없었지만

안녕, 푸얼

구름의 남쪽
흙과 뿌리와 이슬이 밴 차가 무연히 난다는 곳

부엉이점 치는 밤

시산리 시기부락 꽃상여는
마을사람들이 만장을 들고 상두꾼을 맡았다
커다란 솥을 트럭에 싣고
대낮에도 전쟁 통에 죽은 귀신이 나온다는 구들재 지나
사촌들 모두 한나절 다슬기를 잡고 닭죽을 먹던 만경대는
이제는 구절초 축제장이 되었다고 한다
방학이면 외지에서 학교를 다니는 대서소집 학생 방에
도 불이 켜지고
목도열병 잎도열병 예방약을 치라는 읍사무소 확성기
소리 예배당 종소리
노탱이댁 양성화 주택 이층 창가에서 바라보는 눈은
겨울 내내 칠보농협 미곡장 보안등 아래로만 내렸다
옹동면 노탱이에서 시집을 와 노탱이댁이 된 그녀
껄껄껄 크게 잘 웃고
다슬깃국 민물새우 우거짓국을 잘 끓이던 그녀는
지금은 강 건너 병원 중환자실에 산다
북쪽에서 부엉이가 울면 잘 차린 음식을 얻고
뒷산에서 울면 누가 죽는다는 이야기
부엉이 울음소리가 유난히 많이 들리는 해에는

강을 따라 흘러간 사람들이 많았다

숲을 뒤에 두고

춘천에는 스무숲길이 있고 양구에는 청춘로가 있네
시안에는 리산이 있지 매일 너를 생각하네
조금 더 많이 끊임없이 너를 생각하네
그 이유는 찢어버렸네
나무들이 한쪽 방향을 가리키며 흐느끼네
세상의 선량한 애인들은 기척이 없었네
너도 죄가 많아
얼마나 많은 짐승들이
네 가슴에 쓰러져
눈물을 뿌리며 울다 가는지
네 슬픔의 얼굴은 본 적 없으니
스스로의 슬픔으로는 울 줄 모르고
눈밭에 뿌려진 싸이나 취한 새들이
겨울 숲으로 툭 툭 떨어지네
바람이 많이 부는 밤이면
검은목두루미를 타고 찾아와
폐허 속을 걸어다니는
죽은 자들의 발소리
우리 같은 근심으로 물드는

큰비 오고 눈보라 치는 밤들도 많았지만
불러야 할 서로의 이름은 끝내 알지 못했네
자정은 가깝고 평화는 멀었네

* 황허강 건너 산시성 시안에는 리산이라는 이름의 산이 있다, 『 』
  안의 시안도 있었다, 다 지난 일이다, 사라진 왕조의 마지막 무녀
  처럼 먼 곳을 바라본다, 다 지난 일이다

남십자성 아래

이 겨울은 길고 이 겨울은 끝나지 않으리니
겨울과 무관하게 나는 우네
깨어진 얼굴을 덮고

산홍아 너만 가고 나는 혼자 버리기냐
너 명복 비는 마음 백년을 변할쏘냐
천년을 변할쏘냐 한 세상 변할쏘냐
순정에 이합사로 목숨 걸어 바친 사랑
산홍아 물어보자 산새가 네 넋이냐
버들이 네 넋이냐 구름이 네 넋이냐
세세년년 춘하추동 속절없는 우로 속에
한번 간 님의 넋은 벙어리 저 달이냐
우수수 단풍이냐 말 없는 강물이냐

허물어지는가 산홍아 배고파 배고파 막다른 골목을 헤
매는 마음이야 듣지 않아도 들려오네 담장에 걸터앉아 듣
던 축음기 노랫소리 어두운 골목 끝이라도 돌아갈 곳은 있
을 거라고 더 깊은 어둠속으로 걸어가는 머리 검은 짐승들
밀려드는 건 어둠만은 아닐 거라고 서글피 바라보던 그 시

절 너는 시였을까

도취와 착란이 생을 질질 끌고 간다
한국의 노래를 듣는다
이를테면 여러개의 예명을 지녔던 불사조 작사 무적인 편곡 반
야월이 노래하는 세세년년
일천구백사십년 태평레코드사에서 녹음된 이 노래를 이천십몇
년 종로의 내가 듣고 있을 때
어디선가 듣고 있는 당신이 있다면 당신과 나는 보이지 않는 동
맹, 행복한 소수
당신은 나와 닮았고 당신은 나와 비슷하다, 어쩔 수 없다

폭풍 속의 고아들

불은 흙 속으로 잠기고 흙은 물속으로 잠기고 물은 공기
속으로 공기는 의식 속으로 잠기고

버티재를 지날 때면 네 생각이 날 것이다

희게 흐드러진 철쭉꽃 덤불마다 너는 있다
고단한 이마를 기대며 가는 퇴근길 버스 유리창 너머
어두운 제단 저녁이면 내리는 빗속에
무심히 자라는 어린 풀들 끌려나온 마음속에
낡은 모자 긴 여행으로 함께 나이가 든 산책의 장소들
마다

작별을 위한 재와 먼지의 음악이 끝나면
붉은 벼랑 끝으로 깊은 잠은 오나
높은 창 안쪽에서 들려오는 죽은 누이를 위한 자장가
먼바다를 지나는 무연고자들의 불빛

번지는 봄날 황혼에도 네가 울지 않고 견딜 수 있는 건
어디선가 내가 대신 울어주었기 때문이지

눈물을 뿌리며 잃어버린 누이
긴 옷소매로 얼굴을 가리고 누가 먼 하늘을 날아간다

눈 내리는 백무선

멀다

영산포

봄날 저녁

바람 부는 영산포에 서 있으면 뭐하노 그쟈

돛배 한척 없는 나루터에

하염없이 기다리면 뭐하노 그쟈

도래마을 옛집 매화는 전생처럼 아득하게 곱고

도래할 미래는 그 옛날 청미래 덩굴 속에 잠들어 있는데

기다리는 마음 빗방울로 떨어지는 봄밤

빗방울들 사선으로 떨어지며 하염없이 물어오는데

봄날이 오면 뭐하노 그쟈

중국 나이팅게일

나는 내 꿈의 세계에서 살았네

내 꿈이 더 간절해지기를
내 꿈이 더 그리워지기를 바라며

그러나 지금 창가엔
텅 빈 새장 하나

그것은 중국풍 새장
내가 간절히 꿈꾸던

그러나 그리운
중국 나이팅게일은 없네

누가 오래된 사원의 벽에 이마를 대고 서 있다

신중한 싸운드

관객이 늦든 말든 공연은 시작되고 애인들에게 쓴 편지
는 음악이 되네

산란하네 강에서 흘러온 저 물고기 집과 집 사이를 흐르
는 인공 수로 물소리 그래도 은신처라고 영역 다툼에 패한
것들은 배를 뒤집은 채 떠밀려왔다 다시 떠밀려가네 사월
이라 메마른 바람만 불어 새로이 생겨났다 사라지는 모래
산맥들 산란을 끝낸 청어는 쓸모가 없다고 북쪽 해협 어로
수렵국 사람들은 고개를 젓지만 지금은 항아리 깊이 재워
진 밥알과 함께 삭아가며 오래된 초밥의 기원이 되는 시간
불꽃 같은 바람도 잦아들고 볏잎들 냄새 빈 들에 가득하면
또 무엇이 강물을 거슬러 올라오나 컴컴하게 컴컴하게 저
물소리를 듣네

탐닉

한뉘, 이것은 너의 이름이 아니며 우리는 만난 적이 없지
너는 내 손을 핥던 희고 큰 개일 수도 있고
희고 큰 개가 있던 고속도로일 수도 있네

오래도록 자신의 이름이 잘못 발음된
그 남자는 끝내 화를 내고 떠났지
그의 이름이 무엇이었는지는 지금도 기억나지 않는데

어디선가 호박전 민어전 부치는 냄새
친밀한 친근한 시시덕거림
가슴을 할퀴고 파먹고 철철 피가 나고
마주 앉아 닦아줄 징글징글한 가슴은 어디 있나
치사하고 간질간질하고 눈물 나는 친근함
거절할 수 없는 정부처럼

그러므로 그러니까 그래서 이런 문장은 극복되어야 할
지도 모르네

계속하여 같은 실수를 되풀이한다면 당신은 징계위원

회에 회부될 수 있지

　　징계 사유는 충분하므로 징계를 받기 이전에 마음껏 난
봉질이나 힘껏 협잡질이나

　　툭 지는 자목련처럼 놓아버리면 그뿐

　　서랍을 탁탁 털어 쓰레기통 속으로 비우고

　　거꾸로 꽂아두었던 여행지 브로셔들을 옆구리에 끼고
저 문을 열면

　　한뉘, 이것은 누아르가 아닐 것이네

　　일천구백사십몇년 스페인과 프랑스의 국경 지대에서
한 남자가 자살했다

　　비슷한 시기 오래도록 자살한 것으로 알려졌던 또다른
남자는

　　삐레네 골짜기 여름 벼룩시장에서 목격되었다는 소문
이 있었지만

　　그런 소문이란 작은 낚싯배를 타고 수평선을 넘어간 시
인이며 권투선수인

　　한 무정부주의자가 북쪽 바다 고래에게 전혀 다른 음으

로 노래하는 법을 가르쳤고
　　그 고래는 무리에서 배척당했다는 이야기와 같은 종류지

　　한뉘, 바람이 많이 부는 저녁이면 멀리까지 날아가는 거
미들이 보이네
　　희고 반짝이는 줄을 타고 여행하는 거미들의 비행시간
　　밤에 부는 바람 소리는 이승을 바라보며 서성이는 죽은
이들의 발소리
　　밤의 씨앗들은 바람을 타고 날아가다 함부로 멈추네 사
무치는 사사로움

　　한뉘,
　　결국 아무것도 아닐 것이네

건초 수레는 지나가고

간신히 다시 꿈을 꾸기 시작했다고 너는 말하는구나

아직도 옛집 화덕의 불씨는 꺼지지 않았다고 이야기해
주렴

붉은 매 한마리가 산도화 가지 위에 앉아 있는 꿈을 꾸
었지

우리의 새가 어둠속에서 나를 바라보는 꿈

너는 곧 북서쪽에서 폭풍우가 온다고 말하는구나

나는 네가 사막과 초원을 지나온 눈과 바람의 이야기를
해주었으면 좋겠다

'나는 시베리아 황새들과 사다새의 노래를 들었어요'라
고 이야기해주렴

때때로 옛 정원 비가 내리면

산도화 가지 위 붉은 매 한마리가 앉아 있는 꿈을 꾸었지

어둠속에서 나를 바라보던 새

녹색 마차

도화 피면 간다고 전해라

그대에게 당도하기엔
아직 멀고 추운 사랑의 온도

이곳은 여전히 바람 불고 말들은 지쳤다

허물어진 집터 사람들이 떠난
난롯가엔 몇알의 소금만 흩어져 있다

추억을 봉쇄한 자작나무 문 밖에서
몇잎씩 날리고 있을 눈발들

도화 이파리 눈발처럼 날리거든
간다고 전해라

추운 사랑의 온도 저 너머
사랑이 뿌리처럼 젖어 있는 곳

사랑의 온도 꽃으로 피어오르는 그곳으로
간다고 전해라

춤

인도차이나반도에 우기가 시작되면 메콩강의 수위도
높아진다

뽕나무 이파리를 띄운 항아리 물이 깊어지고
울타리마다 심어놓은 바나나나무가 무성해지는 시절

마을에 살던 뱀들은 밀림 평야를 향해 떠나고
여자들은 창가에 앉아 수틀이 넘치도록 차고 단 강물을
수놓는다

지난 시절 내내 새를 사냥하는 겨울 사냥법에 대해 이야
기했지만
이제는 아무도 새를 사냥하지는 않을 것이다

비는 사흘씩 내리고
둑을 넘어 마을 안쪽까지 범람한 호수의 물

누가 나뭇잎 배를 타고
붉은 꽃잎 떨어진 호수

작고 단단한 열매를 하염없이 손바닥으로 건져 올린다

당신의 루주는 언제나 붉지는 않다

창문을 연다

문장 한줄을 쓴다

십일월 너는 검은 돛을 올리고 바다를 건너 돌아올 것
이다
태양해변에서 너는 챔파꽃 채집인 뱀 부리는 선원
바다표범과 조개를 파먹는 새를 찾는 사람

낡은 색안경을 끼고 본 해변의 불빛은 전혀 새로운 빛은
아니었다
바람은 잔잔하고
문장 한줄을 지운다

어김없이 첫번째 빗방울은 뺨에 떨어지지만
물소떼를 따라 아무리 달려봐도 끝내 바람 같은 건 없을
것이다

누가 오래된 사원의 벽에 이마를 대고 서 있다

보리수 잎과 황토로 벽의 틈을 막고 누가 인적 없는 대로를 걸어간다
어김없이 첫번째 빗방울은 뺨에 떨어지고
결국 언제나 똑같이 풍성한 이파리나 열매들을 위해 나머지는 모르겠다

그러므로 처음부터 철저하게 강도 높게 이 모든 문장을 긍정할 것

오 가지 베리 빔바── 후고 발이 그의 첫 음향시에서 중얼거린다

풀잎 치마를 입고 춤추는 무희와 큰 뱀이 그려진 사원은 처음부터 당신의 감정을 배제한 점토판은 아니었다

붉은 꽃잎이 맹그로브 호숫가 가득 떨어진다
부활절 모자를 쓴 여자가 어린 딸과 함께 쪽배를 젓는다
누가 커다란 항아리를 저들에게 줄 수 있을까

야자나무가 다 베어지고 나면
항아리가 묻힌 뜰을 떠나 또다른 곳으로 가겠지만
그러나 아무도 농경민이 되지는 않을 것이다

문장 한줄을 쓴다

가령 당신의 루주는 언제나 붉지 않다

사월

외로워서 축구를 하고 외로워서 기차를 타지
외로워서 순록의 발자국을 찾아 미술관에 가고
외로워서 목화밭 너머 봄날의 묘비명을 적었네

어딘가 외로운 짐승이 외로운 짐승 옆에 앉아
오래된 기침을 하고 있을 때
함께 흔들 흔들거리는
느낌표와 물음표가 거꾸로 된 문장들
한방울의 피가 필요해

잠의 변경을 서성이던 한마리 짐승이
숫잠에서 깨어나
흥건해진 눈으로 바라다보는 눈

붉은 꽃잎 다 젖도록

마두각배 만리

하늘 맑고 오월 아까시 자욱한 날에는
김해박물관 마두각배나 보러 가야지
가야 천년 하늘
마두각 잔에 술을 따라 마시던 사람들은 어디로 갔나
말발굽 빠져 앞으로 나가기 힘든 오지의 땅을 지나
금빛 환한 물길 신천지로 떠나갔나
홀로 마두각 잔에 장군차를 내려 마시는 오후
영혼이며 영혼의 그림자 같은 것들은
한 무리 구름 되어
심장의 언덕 지나 남진 서진 하는데
이이제이할 영지도 없이 나는 어느 삶으로 투항하나
몇모금 차를 마시며 구름의 필경사 노릇을 자처하다보면
필경 빗방울에 부리를 씻는 새들의 노래 몇 곡조
마두각 잔으로 떨어지는 빗방울의 역사가
대륙보다 거대한 심장의 제국을 이루리니
홀로 마두각 잔에 차를 내리는 오후는 장엄하구나
대가야 소가야 모두 잔에 따라 마시고
오랜 세월 가슴속에 방목하던 말 한마디
푸르디푸른 말 한마리 눈앞에 당도하는 날에는

김해박물관 마두각배나 보러 가야지

붉은 양귀비

무너지는 탑에서 누가 떨어지고
아홉개의 칼을 맞은 여자가 보이네

금성이 빛나는 밤에는 통증을 잊기 위한 소규모 강령회를
구부러지지 않는 글자로 가득한 번개가 치는 밤

한쪽 발은 검은 천으로 감싸고 다른 쪽은 맨발
꺼지지 않은 숯불 위를 걸어 복도 저편으로 가

벌새들이 물고 온 나뭇잎을 뜨거운 이마에 대고
머리에 총상을 입은 채로
비밀 비행선을 찾는 초승달 신봉자처럼

여러개의 폭죽이 터지고 누가 문을 두드리지만
오늘도 아무 일도 일어나지 않았지

초야를 치르기 위해 사원으로 보내지는 어린 소녀들과
달의 움직임에 따라 수태된다고 믿었던 옛 아시리아 여
자들의 슬픔

홀로 남은 무녀의 흰 머리칼이 부서진 기둥을 감싸고
있어

기둥 안쪽의 오래된 슬픔을 후미등처럼 켜고

강변도로 불빛들이 흘러가

살구나무 숲속의 호숫가

샘 옆에 텐트를 세우고
며칠째 삼림 한가운데 머물러 있습니다
낮 동안은 양 볼을 그을리는 햇살
아침저녁으로는 안개와 서리
보이지 않는 비가 자주 옵니다
비가 많이 올 때면 같은 강을 몇번씩이나 건너며
숙소를 찾던 밤 생각이 납니다
비가 내린 것도 아니었는데 등이 먼저 젖어들던 밤
숲에 도착한 처음
며칠 동안 움직일 수가 없었습니다
이곳의 한기 때문인지
두고 온 곳의 한기 때문인지는 알 길이 없군요
날이 밝으면 검은 강을 따라 내려가보려 합니다
가방 속 나무상자 안에
보호종 나비 몇마리가 잠들어 있습니다
나는 퍼덕이다 잦아드는 날개 소리 들으며
해가 저물고 등이 다 젖도록
금지된 나비들을 찾아다닙니다
아꾸마 에스띠 오쁘리따, 그래요

이건 불법이에요

독자적인 피날레

마크 트웨인이 강을 따라가는 모험으로 가득 찬 소설을 발표할 때 너는 공장의 굴뚝을 빠져나온 구름이었을 것이다

에밀 제닝스가 형사 콜롬보의 입술을 통해 발음될 때 너는 흑백의 하늘을 떠도는 구름이었을 것이다

마르께스가 콧수염을 휘날리며 백년 동안의 고독을 설파할 때 너는 산정 근처를 떠돌던 구름이었을 것이다

쿠스트리차가 집시의 시간을 완성하고 지하로 잠적할 때 너는 함께 지하 세계로 스며들던 구름이었을 것이다

슈탄베르거 호수를 지나가는 바람이 천사의 입술을 빌려 시라고 발음될 때 너는 이 세상에 코미디언으로 태어나고 싶었는지도 모른다

네가 천사들의 회합에 불참하고 드디어 인간이 되기로 결심했을 때 그건 이 세상에 한명의 시인이 새로 태어난다

는 것을 의미했다

　그러나 이 세상에 새로운 한명의 시인이 태어났을 때 사
람들은 뭐라고 불렀나

　사람들이 헤이 걸, 하고 부를 때마다 너는 그들에게로
가서 걸이 되지 않았다

　사람들이 부를 때마다 한마리 황야의 수탉이 되었다

　그리고 뾰족한 시의 입술로 물어주었던 것이다

　── 헤이, 윗 잡?

그것이 어떻게 빛나는지

1901년 라인하르트가 베를린에 연 까바레 '샬 운트 라우흐'는 소리와 연기라는 뜻이지 파우스트에 나오는 말로 허망함 또는 무의미함을 뜻하네

그림자는 오늘도 나와 함께 한편의 로드무비를 찍었지 수로왕릉역에서 박물관역까지 정오의 태양이 강렬한 조명처럼 내리쬐는 거리를 가장 긴 그림자와 함께 걸었네

검은 우산을 쓰면 그림자도 우산 속으로 따라 들어오고 후후후후 휘파람새 소리를 내면 그림자도 똑같은 소리를 내었지

김해에서 부산까지 경전철이 덜커덩 소리를 내며 실어 나르던 그림자는 무엇이었나

아까시 이파리 훌훌 날리는 천변 내가 찍은 그림자 로드무비는 '샬 운트 라우흐' 발소리 따라오던 그림자 발소리는 어디로 갔나

바람에 흔들리던 꽃잎들은 또다른 바람이 불면 촛불처럼 사라질 텐데 세상의 소리들은 한줌 연기 되어 어디로 가나

밤하늘의 별을 볼 때면 생각하지 그리고 알게 되지 지금 내가 상영하는 로드무비는 '샬 운트 라우흐' 그것이, 그것이 어떻게 빛나는지

아일랜드식 사직서

불길에 휩싸인 은신처를
어린 고라니 한마리가 홀린 듯 뒤돌아보고 섰습니다

어쩌다 이곳에 발을 담그게 되었던 걸까요

막무가내로 들이쳐 등줄기를 적시는 비
눈발들 소복하게 쌓였다 흩어지는
아침 일곱시 통근열차 환승의 날들

돌이켜보면 아비를 아비라 부르지 못하고
형을 형이라 부르지 못하는 곳에서
이 모든 슬픔은 시작되었습니다

　책상 위에 남겨진 은빛 열목어와 금낭화 화분을 부탁드
립니다
　언젠가 다시 찾으러 간다는 말씀을 드릴 수는 없을 것
같군요

　쓸모없는 아름다움

결국 실패하게 되어 있는 것들은 실패할 수밖에 없는 거
라고

철 지난 아까시 나무 아래서 편지를 씁니다

푸르름을 남겨다오

말이 다른 골짜기
검은 말 한마리가
검은 밤 검은 절벽에 서서
검게 흘러가는 강물 소리를 듣는다
검은 절벽과 검은 들판 사이를
다른 불행을 보며
간신히 제 불행을 견디고 있는
불행한 낯빛들이 지나가고
척척 감기며 쓰러지는 건 사고무친의 우울
과떼말라 삼림지대를 지나 싼끄리스또발에 도착했다는
너의 편지를 마지막으로 읽고
모니터 속 숫자들을 본다
국경 시장의 뜨겁고 커다란 양고기 빵과
오색 향신료를 파는 붉은 머릿수건의 여자들
흰 수염의 사냥꾼이 연주하는 살구나무 악기 소리
춘분점을 가리키는 태양석의 날을 지나
스물몇번의 밤을 지내면
황금빛 씨앗을 뿌리기 좋은 시절이 그 먼 초원으로 온다

벨소리 벨소리 벨소리
고객들은 전화를 받지 않는다

캄차카병(病)

선의가 통하지 않는다고 말했지
서양아까시 검은 열매들
가지 끝에 매달려 메말라가는데
눈은 없었지
큰 눈이 지나간 후 더이상 눈은 없었지
비트를 잃어버린 밀사들만 창밖을 바라보고 있었지
주머니 속에는 어디론가 가는 야간열차의 시간표
비옥한 초승달지대 지나
기린과 사자와 코뿔소와 춤추는 사람들이 그려진 알제
리 암벽
강과 풀과 나무가 무성하던 옛날의 사하라
어디로든 가야 할 것 같았는데
며칠째 잃어버린 꿈을 꾸고 난 아침은 죽고 싶어
저물녘이면 고해성사를 하듯
종로사거리 국세청 앞 가판대에서 산
낙첨된 복권의 수익금과
반토막 나고 깡통이 돼버린 당신들의 주식 투자금과
대답이 없는 구랍의 고백들은 다 어디로 가는 걸까
아무리 생각해봐도 더이상 비트는 없었지

제 몫의 깃발을 가슴에 품고 창밖만 바라보고 있었지
우리는 허공으로 흩어지는 한채썩의 망명정부
마지막이라면 슬프고 아름다운 꿈이기를 바랐지

포도밭에 만개한 제비꽃

칠월의 글을 쓰고 싶어

빈 공과대학 도서관의 사서가
사서 임무를 회피하려
학교에 낸 병가사유서의 병명은
심장 노이로제를 동반한 신경쇠약증
아나키스트적 방식에 의해 내가 낸 병가사유서는
친절한 통지문과 함께 반려되고
지진으로 무너진 옛 등대 사이 북 치는 뜸부기 숲
색색의 떠돌이새떼를 따라가는 취미 생활은
책 속의 주인공들이나 떠나는 여행
내가 주머니에 한병의 아니스주를 꽂고
일천구백이십년대 캘커타 항
갈매기 울음소리를 복기하며
그리스 아프리카 중동 지역 해양 무역원인
오늘의 첫 고객을 맞이하고 있을 때
돌풍처럼 왔다가 불빛처럼 너는 떠난다

끝이 나지 않는 이야기

마지막 문장 따위는 주목하지 마세요

앵화 폭풍

이제 가
나팔 불며 고깔모자 쓰고
늘 시름시름 어딘가 아픈 과묵한 사람들과
침묵과 허밍의 밴드를 만들어
조금씩 다른 말로 노래하며
이제 가
이 거리엔 아무것도 남지 않아
날마다 아침이 오고
시계 침만 바라보며 어디로도 떠나지 못하는 사람들이
정류장에 서 있어
청계천이 내려다보이는 사무실에 앉아
저건 내린천이라고 저 끝에는 전란을 피해 숨어든 망국
의 유민들이 있고
봄꽃을 꺾던 화절령 처녀들의 노랫길이 있을 거라고
서리 내린 새벽 숲이 있고 모켈레 음벰베를 맨 처음 연
주하는
언젠가의 우리가 있을 거라고 생각했잖아
이제 가
포위된 거미들과

강아지와 새끼 고양이들을 풀어주고
피와 모래의 서열은 보이콧
시간제 통근버스와 암부호들도 그만
경이로운 식욕부진을 지나
활과 총을 내려놓은 사냥꾼의 밤으로
이제 가

이왕직 양악대

따스한 방의 창문 끓고 있는 주전자
목욕을 마친 비누 냄새 빨래가 마르는 냄새
몇번인가 몰락과 패배를 지나온 길고 안락한 의자들

환영은 사라지고

먼 곳에서 다가와 소리 없이 스미는 이끼 냄새

반짝이는 비늘의 물고기처럼
잊혀진 거리 한구석에서만 찾을 수 있는
이름 없는 사람들의 잊을 수 없는 문장들

──두꺼운 커튼 밑에서 종일토록 문서고를 지켜요
어쩔 수 없어요

신비한 급류가 밀려드는 밤이면
아름다운 묘지와 작은 예배당을 찾아
밤의 항로를 배회하는 도시 노예들

태풍이 되지 못한 폭풍우가
바다 깊이 가라앉으며
울음을 터뜨리며 묻는다

너는 무슨 무기가 있어 이 무거운 싸움을 계속하나

그리고 구텐베르크가 왔다

지나가네
북소리도 없이 나팔 소리도 없이
곡마단이 지나가네
내가 지나가네
우스꽝스럽게
엄숙하고 차가운 어린이들이 생겨나기도 전

몇벌의 의상과
몇켤레의 구두
가면은 없었네
처음부터 가면은 없었네

닫힌 창문들의 거리
아무런 기척도 없이

몇세기 전부터 나는 여기 서 있었는데

겨드랑이에서 새어나오는 찬 바람
언젠가 닫힌 커튼이 그 바람에 흔들리는 걸 나는 보았네

간절한 것은 발설되지 않았네 씌어지지도 않았네
사무치는 것도 마찬가지

처음부터 가면은 없었네
가면도 없이 내가 지나가네

가면도 없이 처음부터
나 혼자 있네

벚꽃 이파리 자욱하게 날리는 곳으로
언제 나는 돌아갑니까

진창 깊숙이 몸뚱이가 빠진 지네 한마리
대가리를 휘휘 내저으며 몸뚱이를 뒤틀 때마다
터진 창자에서 새어나오는 노란 물

한 여자가 손가락을 덜덜 떨며 진창 위로 번지는 노란
피를 찍어먹고 있다

고대 근동의 슬픔

바윗돌로 누르고
검은 흙으로 메워도

스미고 번지다

잠든 당신 귓전을 스치고
다시 처음으로 돌아가

가만히 흔들리며 고여 있는 빛

나 혼자 깨어 있을 때

누구인지 알아도 말할 수 없다

강정

　가령 헬기 안에서 카메라를 들고 먼 아래쪽을 내려다본 다고 치자. 때는 일몰 무렵. 천천히 비행하면서 저 아래로 "그늘진 건물을 나와 그늘진 청계천 변을 걸어가"는 한 사람에게 초점을 맞춘다. 그렇게 서서히 팬(pan). 늘어선 건물들과 달리는 자동차들, 걸어가는 사람들 모두 한 프레임 안에서 느릿느릿 움직이는 듯 보인다. 그 '느릿느릿'은 단순한 시간 인식보다는 공감각적 착각에 가깝다. 요컨대 "같은 리듬으로 하루하루"를 살아가는 사람에게 "석양의 바닷가"는 "달보다"(「정확한 페이지는 가늠하기 힘들다」) 멀기만 할 따름이지만, 공중 카메라의 시점에선 외려 모든 게 너무 가깝고 비좁아 실재하는 것들이 허상으로 여겨지게 되는 것이다.

　그러면서 시간이 응축되거나 파열한다. 빠르던 것이 느리게 느껴지고 확고하던 것이 물러터져 보인다. 물론 이건 아주 특수한 경우다. 특정 직업 종사자가 아닌 이상, 헬기를 탈 수 있는 기회는 매우 적다. 그러므로 서울에 있으면서 "김해에서 부산까지 경전철이 덜커덩 소리를 내며 실어 나르던 그림자"(「그것이 어떻게 빛나는지」)를 목격하는 일은 일상적으로 가능한 일이 아니다. 그럼에도 누군가는 그것을 직접 봤던(또는 들었던) 것처럼 쓴다. 과거의 경험이 소환됐을 확률이 높지만 어쨌거나, 사실 여부와는 무관하게, 그가 쓴 것을 계속 읽다보니 흡사 나 자신이 헬기(또는 그와 유사한 비행물체, 이를테면 열기구 같은 것)를 타고 '느릿느릿' 떠다니는 기분이 된다. 그렇게 "누가 허공을 건너 저편으로"(「종의 기원」) 이동하는 모습이 떠오른다. 그는 누구일까. 나는 왜 이 시집을 읽으면서 엉뚱하게도 헬기를 타고 있는 기분이 되었을까. 쥘 베른(Jules Verne)처럼 세상에 아직 존재하지 않는 비행물체를 타고 '80시간의 세계일주'라도 상상했던 것일까. 이곳이 갑자기 저곳이 된 느낌이다. 모든 실재하는(했던) 이름들이 허구였던 것만 같다. 그렇게 "간신히 다시 꿈을 꾸기 시작"한다.

　　간신히 다시 꿈을 꾸기 시작했다고 너는 말하는구나

　　아직도 옛집 화덕의 불씨는 꺼지지 않았다고 이야기
　해주렴

붉은 매 한마리가 산도화 가지 위에 앉아 있는 꿈을
꾸었지

우리의 새가 어둠속에서 나를 바라보는 꿈

너는 곧 북서쪽에서 폭풍우가 온다고 말하는구나

나는 네가 사막과 초원을 지나온 눈과 바람의 이야기
를 해주었으면 좋겠다

'나는 시베리아 황새들과 사다새의 노래를 들었어요'
라고 이야기해주렴

때때로 옛 정원 비가 내리면

산도화 가지 위 붉은 매 한마리가 앉아 있는 꿈을 꾸
었지

어둠속에서 나를 바라보던 새
                          ─「건초 수레는 지나가고」 전문

사람과 사물, 공간과 시간 사이엔 늘 간격이 존재한다.
너와 나 사이의 간격, 어제와 내일 사이의 간격, 이곳과 저

곳 사이의 간격. 그런데 '사이' 자체가 '간격'을 품고 있다는 점에서 '사이의 간격'이란 말은 동어반복일 수도 있다. 그럼에도 굳이 그렇게 쓴 까닭은 '사이' 안에도 '또다른 사이'가 존재하는 듯 여겨지기 때문이다. 자잘한 간격과 간극 들이 촘촘히 엉켜 형성된 모든 것들의 '사이'. 그것은 물리적이거나 심정적인 여러 상극요소와 이질요소 들의 총합으로 구성된다. '사이'라는 단어 자체가 지닌 거리감과 대립적 길항의 자력 안에 정작 '사이'를 만들어낸 두개의 객체와는 무관한 요소들이 연극 속의 엑스트라처럼 들고 나기를 반복하는 것이다. 위에 인용한 시는 그것의 한 사례다.

이 시의 제목에 쓰인 "건초 수레"는 본문에 등장하지 않는다. 그냥 어딘가(그곳이 어디인지도 드러나지 않는다)를 "지나"갔을 뿐이다. 제목 아래 행간을 건너뛰자마자 "간신히 다시 꿈을 꾸기 시작했다"고 말하는 "너"가 등장한다. 그 "너"는 마지막 연에 가서야 "어둠속에서 나를 바라보던 새"였을 것이라는 추측이 가능해지지만, 이런 방식의 시적 진술이 그다지 특수한 경우는 아니다. 외려 아주 일반적인 방식에 더 가까울 것이나, 본문을 전체적으로 살피고 나서 제목이 불쑥 돌올해지는 이 느낌은 사뭇 생경하기도 하다. 말인즉슨, 시를 다 읽고 났더니 정말 어디에서 나타났는지 모를 "건초 수레"가 뇌리를 자근자근 밟고 지나가는 것이다. 그러면서 불현듯 "북서쪽에서 폭풍우가 온다"는 "너"의 말이 얇은 시차를 두고 생동감을 가지게 된다. 정말 이 시가 전하고자 하는 바는 거기에 있다 여겨진다. 무언가를 듣고 무언가를 전하고자 하는 욕망. 그럼에도 그 욕망이 채워질 수 없다는 것을 선험적으로 알고 있다는 자각과 절망의 언사. 거기서 나오는 무심한 듯 절박한 어떤 마음의 요동.

'전하고자 하는 바'는 역설적이게도 스스로 듣고자 하는 바람의 소산이다. 누구에게 자신의 뜻을 알리려 하는 것보다 오로지 자신만을 위해서 듣고자 하는 이것은 결국 여러겹의 '사이'를 부각하는 고립의 언어로 남는다. 거기엔 그 고립을 깨뜨리고자 하는 외적 실현의 원망(願望)이 동시에 담겨 있다. '사이'는 그렇게 더 두터워진다. 그러면서 문장과 문장 '사이의 간격'이 드넓어진다. 아울러 지금 쓸 수 있는 언어 너머에서 지금 쓰고 싶은 언어의 장벽이 더 멀고 깊어진다. 그러다가 결국엔 다 쓸 수 없고 닿을 수 없다. 이른바 '근사(近似)하다'는 단어는 그래서 허구적이다. 그 단어가 어떤 멋이나 스타일을 뜻하는 경우엔 더욱 그렇다. 근사하다는 건 '지금 그렇지 않다' 또는 '그것과 나는 다르다'는 뜻을 품고 있다. 근사가 실체가 되면 그것은 더이상 추구해야 할 바가 아닌 게 된다. '근사'하기 때문에 더 다가가려는 노력을 멈출 수 없고, 그게 결국 삶의 동력이 된다. 일종의 불가능성과의 사투다. 그래서 "시안에는 리산이 있"고, "매일 너를 생각"하면서 "조금 더 많이 끊임없이 너를 생각"(「숲을 뒤에 두고」)할 수밖에 없는 것이다(이 엄청난 '너'와 '나'의 중첩이라니!).

*

시인의 이름은 리산이지만, 시를 쓰는 사람은 아직 리산이 아니거나 원래 리산과는 다른 사람이다. 또는 '리산'이라 느닷없이 규정되었기에 부르면 부를수록 실체가 더욱 묘연해지는 어떤 환각의 자동사(自動詞)로 변화하기도 한다. "리산"은 고유명사로 시작해서 어떤 공간적 함의가 되었다가 어떤 것을 형용하는 장식이 되었다가 다시, 알 수 없는 그대로 특정인의 명사로 기입된다. 그 정체불명의 이름 또는 상태는 "시안"에 있으려 하지만, 종국엔 늘 '시밖'에 있다. 여기에도 '사이'가 트인다. '리산'은 결코 완성될 수 없는 이름이다.* 그렇기에 "불러야 할 서로의 이름은 끝내 알" 수가 없어진다. 그래, 어떤 행위든 해놓고 보면 "다 지난 일이다". 그럼에도 "사라진 왕조의 마지막 무녀처럼

---

* 이것은 그런데, 모든 시인의 궁극적 문제다. 시인은 할 수 없는 걸 쓸 뿐, 할 수 있거나 가질 수 있는 것에 대해선 아무것도 쓸 수도, 쓸 필요도 없다. 가지면 버려야 하고 잃어버리면 찾아야 하고 놓쳤으면 쫓아야 한다. 가지고 채우고 찾았으면 언어는 아무런 물적 가치도 없어진다. 그런 의미에서 시는 영원한 동사(動詞)이자 언어가 스스로 조장한, 언어의 극렬한 빈곤 그 자체다.

먼 곳을 바라"(「숲을 뒤에 두고」)볼 수밖에 없다. 과거와 미래가 그런 식으로 직통한다. 그 '사이'에 끼인 현재란 "환영은 사라지고//먼 곳에서 다가와 소리 없이 스미는 이끼 냄새"(「이왕직 양악대」)나 맡으며 "처음부터 가면은 없었"다고 자각하면서 "나 혼자 있"(「그리고 구텐베르크가 왔다」)음을 "나 혼자 깨어 있"(「고대 근동의 슬픔」)는 채로 느껴 삼킬 수밖에 없는 순간에 불과한 것이다. 그런데, 이게 과연 슬픈 일일까.

네가 천사들의 회합에 불참하고 드디어 인간이 되기로 결심했을 때 그건 이 세상에 한명의 시인이 새로 태어난다는 것을 의미했다

그러나 이 세상에 새로운 한명의 시인이 태어났을 때 사람들은 뭐라고 불렀나

사람들이 헤이 걸, 하고 부를 때마다 너는 그들에게로 가서 걸이 되지 않았다

사람들이 부를 때마다 한마리 황야의 수탉이 되었다

그리고 뾰족한 시의 입술로 물어주었던 것이다
　　　　　　　　　　　　　　　　　　―「독자적인 피날레」 부분

인식의 기본 확정은 일대일 대칭의 정확도가 아니라, 그렇게 판단된 것의 내밀한 오차에 의한 것일 때가 많다. 누가 나를 부르면, 그리고 내가 누구를 누구라 부르면 그것은 어떻게든 '그것'이 아니게 된다. "사람들이 헤이 걸, 하고 부를 때마다 너는 그들에게로 가서 걸이 되지 않았다"는 건 그 "걸"이 정말 "걸"이었다는 사실과 그 "걸"이 결코 "걸"이 될 수 없다는 사실을 동시에 짐작게 한다. "걸"이라 불리기 싫어서가 아니고, "걸"을 "걸"이라고 정확히 불러주길 원해서도 아니다('보이'나 '가이'여도 사정은 별반 다를 게 없다). 그렇다고 불리는 자와 부르는 자의 일차원적 동일시도 아니다. 여기에도 '사이'가 '발생'한다. 엄청나게 크고 넓고 확정할 수 없는, 이질·동질 융합복합체로서의 또다른 가상이 발현되는 것이다. 그 '사이'를 발견하거나 깨닫는 자, 그리하여 '사이'를 양손으로 붙들어 당기며 "이 세상에 새로운 한명의 시인이 태어났을 때" 그 "시인"은 단순히 '시를 쓰는 사람'이 아니라 그저 "천사들의 회합에 불참하고 드디어 인간이 되기로 결심"한, 요컨대 "진창 깊숙이 몸뚱이가 빠진 지네 한마리"에 불과할 수 있다. 그런 차원에서 시인이란 "대가리를 휘휘 내저으며 몸뚱이를 뒤틀 때마다/터진 창자에서 새어나오는 노란 물"이자 "진창 위로 번지는 노란 피를 찍어먹"는 "한 여자"(「벚꽃 이파리 자욱하게 날리는 곳으로 언제 나는 돌아갑니까」)의 다른 이름이다. 이른바 객체와 주체의 혼합이자, 그것들을 분별하고 가늠하는 더 먼 시점의 만화경을 자신의 몸으로 삼은 자이다. 과연, 이것도 슬픈 '분열의 현상학'에 불과할까.

오래도록 자신의 이름이 잘못 발음된
그 남자는 끝내 화를 내고 떠났지
그의 이름이 무엇이었는지는 지금도 기억나지 않는데

어디선가 호박전 민어전 부치는 냄새
친밀한 친근한 시시덕거림
가슴을 할퀴고 파먹고 철철 피가 나고
마주 앉아 닦아줄 징글징글한 가슴은 어디 있나
치사하고 간질간질하고 눈물 나는 친근함
거절할 수 없는 정부처럼

그러므로 그러니까 그래서 이런 문장은 극복되어야
할지도 모르네
—「탐닉」부분

이른바 (하이데거적인 의미에서) '언어의 집'의 설계자이자 건축주인 시인들은 늘 어떤 이름들을 잘못 짚는다. 문학 행위에서도 그렇고, 무슨 지식 담론을 인용할 때에도 그렇고, 실생활에서도 종종 그런다. 이 불가해하게도 역사적인 오류의 첨단이 어디에서 기인하는지 나는 말할 수 없다. 알아도 안다고 까발릴 수 없고, 모른다고 모름을 설명할 근거도 없다. 그저 "그러므로 그러니까 그래서"만 반복할 수 있을 따름이다. 이것은 시간을 줄줄 늘리는 행위이자, 자신의 정체성을 짐짓 확정하지 못한 자의 끝끝내 "극복되어야 할" 옹알이의 연속이다. "그러므로 그러니까 그래서" 모든 시는 "마지막 문장 따위는 주목"(「포도밭에 만개한 제비꽃」)할 필요가 없는 "무정한 생의 비밀들"이자 "은밀하게 남아 있는 부분이 있어 다 알려지지 않은 무엇이 여기 있다고"(「울창하고 아름다운」) 넘겨짚게만 만드는, '내 안의 너' 혹은 '시안의 나'의 요설에 불과할 뿐이다. "거절할 수 없는 정부"를 늘 마음에 끼고 사는 사람이 어찌 그 마음을 다른 이에게 온전히 전할 수 있을 것인가. 다만 "줄이 바뀌는 알림음이 계속해서 울렸지만/같은 장이 반복"되고, 그래서 같이 울어줄 "너희들의 눈물이 필요"하기에 "그래도 누가/오래된 타자기를 두드리며/이 모든 것을 기록"(「1816년의 쌀롱」)한 것을 다시 극복하려 무언가를 연신 써내려갈 수밖에 없을 뿐이다. 이쯤 되면, 슬픔은 상태가 아니라 사물이 된다. 그 상태를 극명하게 드러내는 시가 한편 있다. 그런데 그 시는 인용해도 부질없다. 너무 깊고 넓고 아득해 그저 한면을 통째로 비워둔 채 단 한마디만 인장 찍듯 종이 끝에 새겨넣었기 때문이다. 긴 공백 뒤에 그저 "멀다"(「눈 내리는 백무선」)고. 이 아득함은 얼마나

서글퍼서 촘촘한가.

*

다시, 더 멀리, '촘촘'을 더 촘촘하게 보기 위해 헬기에 올라보자.

높은 곳에서 내려다보면 지상의 것들은 생각보다 매우 정교하고 질서정연해서 어지럽기까지 하다. 모두에 말했듯, 그래서 모든 게 허상 같다. 그곳은 서울일 수도 베를린일 수도 평양일 수도 있지만, 시인이 그려놓은 지도는 빠리 메트로 노선을 따라 기분 내키는 대로 흘러간다. 가보지 못한 이들에겐 여전히 낯설고 괜히 멋져 보이고 근사해 보일 수 있고, 가봤던 사람에겐 괜히 빤해 보이거나 다시 가보고 싶거나 가슴 서걱대게 하는 도면일 수도 있다. 어느 쪽이든 정확하지도 옳지도 않고, 그럴 필요도 없다. 다만 시인이 한국어로 줄줄 이어 붙여 네모난 문단 박스에 새겨놓은 지명들이 본래의 그것과는 다른 곳이면 좋겠다는 자그만 바람만 부언할 수 있을 뿐이다.

오늘은 쌩라자르 역에서 뱅센 숲까지 걸어가기로 한다 마들렌 광장과 꽁꼬르드 광장을 지나면 뛸르리 공원이 나오고 노트르담 사원을 바라보며 쎈강을 따라 걷는다 강 건너 쌩제르맹데프레를 지나 뤽상부르 공원과 쏘

110

르본 대학 쪽으로 걸을까 그냥 쎈강을 따라 리옹 역이나 오스떼를리츠 역 쪽으로 갈까 생각하다 그냥 걷는다

강에서 불어오는 바람은 고독의 빛깔을 닮아 있지만 나는 고독의 근원을 모르고 불로뉴 숲은 뱅센 숲과는 정반대 쪽에 있음을 떠올린다 비 내리는 몽마르트르 묘지에는 사랑하는 사람이 묻혀 있고 언젠가 나는 진 쎄버그 묘에서 작은 도자기로 된 향초꽂이를 가져온 적도 있었지

몽마르트르의 싸크레꾀르 성당에서 바라보면 빠리의 북역과 동역은 또 함께 보이겠지만 오늘의 시선은 샤를드골 공항 쪽 혹은 정반대 편에 있는 오를리 공항 쪽을 향한다 오를리 공항 저 너머엔 영동고속도로가 보이고 고속도로 아래엔 언제나 눈 속에 파묻힌 친구의 집도 있지 불로뉴 숲과 샤를드골 공항과 뱅센 숲과 오를리 공항을 크게 선으로 죽 연결하면 달팽이 모양의 빠리 전도가 완성된다 오늘은 쌩라자르 역에서 달팽이의 뿔까지만 걷기로 한다

—「앙상블 사이 쏠로」 전문

이 시를 굳이 해석할 필요는 없을 듯하다. 제목만 새삼 곱씹을 수 있을 뿐이다. "앙상블 사이 쏠로". 이국의 지명

들을 지도 떠내듯 옮겨놓은 이 세개의 문단이 불러일으키는 반향을 천천히 음미해본다. "청계천 변"에서 이륙한 헬기가 순식간에 빠리를 현장 답사한 것 같지는 않다. 다만 같은 책 안에 담긴 또 한편의 시가 느닷없는 엑스트라, 그럼에도 주목할 수밖에 없는 조연처럼 자꾸 겹쳐진다. "폭신한 옷으로 겹겹이 무장한 누가/프롬나드"(「가난하고 아름다운 사냥꾼 딸이 꿈을 헐어 전나무에 물을 주고 큰 배를 만들 때까지」)*하면서, 전혀 맞닿지 않을 것 같은 이국의 어느 풍경속으로 "우기의 바람 소리"(「사월 까자흐」)처럼 뒤섞이는, 조화와 간극 사이의 풍요로운 쏠로. 주연은 없다. 보이지 않는 누군가의 길고 긴 연주만 있을 뿐이다. 들을 수 있되 알려져선 안 될, 영원히 "나 혼자 깨어"먼 곳을 호명하면서 "건초 수레"를 타고 사라진 그 자신의 그림자, "샬 운트 라우흐"(「그것이 어떻게 빛나는지」).

姜正 | 시인

---

* 이 시는 제목이 그대로 시고, 본문이 그림자 같다. 존재할 법하나 현실에선 만날 수 없는 누군가의 유언 또는 비문(碑文). 거기에 길게 늘어진 그림자. 시집을 읽는 내내 자꾸 이 제목이 뇌리에 소환되는 건 더 지속되어야 하나 지속될 수 없는 누군가의 목숨줄 같은 게 연상되어서인지도 모르겠다. 그가 누구인지는 알아도 말할 수 없다.

가난하고 아름다운 사냥꾼 딸이
꿈을 헐어
전나무에 물을 주고
큰 배로 만들 때까지

같은 리듬으로
하루하루

여행은 계속되는 거란다.

2017년 가을
리산

창비시선 416

메르시, 이대로 계속 머물러주세요

초판 1쇄 발행 / 2017년 11월 3일

지은이 / 리산
펴낸이 / 강일우
책임편집 / 박주용
조판 / 황숙화
펴낸곳 / (주)창비
등록 / 1986년 8월 5일 제85호
주소 / 10881 경기도 파주시 회동길 184
전화 / 031-955-3333
팩시밀리 / 영업 031-955-3399 편집 031-955-3400
홈페이지 / www.changbi.com
전자우편 / lit@changbi.com

ⓒ 리산 2017
ISBN 978-89-364-2416-9 03810